CW0051G917

Mes petites nouvelles à dévorer

Marion Xolin

Mes petites nouvelles à dévorer

LE LYS BLEU
ÉDITIONS

© Lys Bleu Éditions – Marion Xolin

ISBN : 979-10-377-7459-0

Sa Majesté la reine

Elle attendait ce moment depuis si longtemps ! Elle avait encore du mal à le croire pourtant, enfin, il était arrivé. La dernière pierre de l'édifice venait à l'instant d'être posée. L'immense château fort de Sa Majesté la reine était terminé. Elle brûlait d'impatience de pouvoir y entrer.

Elle avait suivi avec attention chaque étape de sa construction. C'est elle et elle seule qui donnait les directives, et elle était très exigeante. Tout devait être parfait. Il fallait que ce château soit conforme à ses plans, au millimètre près. Tout le monde le savait, la reine était pointilleuse et intraitable. Les ouvriers étaient forcés de se plier à sa volonté et à tous ses caprices, au risque de se faire trancher la tête à la moindre faute !

« Le donjon n'est pas assez haut, il manque une rangée de pierres ! Allez, bande de fainéants ! Rectifiez-moi ça au plus vite ! » s'écriait-elle.

« Il manque une meurtrière sur la façade gauche, c'est inadmissible ! signalait-elle. Vous ne savez donc pas lire un plan, espèces de bigleux ! »

« La profondeur des douves n'est pas suffisante ! J'avais dit 1,5 m et pas 1,3 ! Prenez vos pelles et continuez à creuser ! » s'égosillait-elle.

« J'avais demandé du bois de chêne pour le pont-levis, non du bois de peuplier ! s'époumonait-elle. Appelez-moi les menuisiers, ils vont m'entendre ! »

La reine était un véritable tyran sans pitié. On comprend d'ailleurs pourquoi elle n'avait toujours pas trouvé chaussure à son pied. Qui donc aurait pu la supporter ? Non, indiscutablement, elle était bien mieux seule, avec ses deux gros chats tigrés. De toute façon, il était hors de question pour elle de partager le pouvoir avec un roi. Elle seule devait régner et imposer sa loi !

Ce château devait donc être à l'image de sa puissance, de sa grandeur, de son autorité. Elle se voyait déjà déambuler sur le chemin de ronde, son éventail à la main, profitant des derniers rayons de soleil de la journée, surplombant la mer. Elle s'imaginait très bientôt organiser de gigantesques banquets dans l'immense salle à manger, épatant ses convives avec des mets raffinés et originaux (son caviar d'intestins de corbeaux ou son velouté de museau de sanglier aux épices feraient sans nul doute un malheur !). Mais ce qu'elle attendait avec impatience par-dessus tout, c'était de pouvoir enfin enfermer ses premiers prisonniers dans la tour de son donjon ! Elle pouvait en effet s'autoriser à cloîtrer n'importe qui, n'importe quand et pour n'importe quelle raison. C'est d'ailleurs ce qu'elle préférait faire dans son job de reine.

Le rêve allait devenir réalité. Le grand jour était arrivé. Elle s'avança d'un pas déterminé. Dans cette bâtisse monumentale, elle allait enfin poser le pied !

Lorsque tout à coup, elle vit surgir derrière les tours de son château tant désiré de géantes vagues menaçantes. La mer était déchaînée, les flots engloutissaient tout sur leur passage, se rapprochant dangereusement de l'édifice. La reine, affolée, ne savait plus quoi faire. Les ouvriers, désemparés, perdaient tous leurs repères. En l'espace d'une minute à peine, tout fut détruit, anéanti, avalé. Les rouleaux des vagues avaient tout submergé.

« Hortense, Léonard, Oscar, rangez vos pelles et vos sceaux, on rentre à la maison, il est l'heure ! On retourne à la plage demain c'est promis. » Léonard, les pieds dans l'eau, s'adressa à sa sœur avec fermeté :

« Demain, c'est à mon tour de jouer le roi ! Je n'en peux plus de tenir le rôle d'ouvrier depuis le début des vacances ! Hors de question que je sois tous les jours sous tes ordres ! »

La vie de château, Hortense pouvait l'oublier. La seule chose qu'elle pouvait décider, c'était le parfum de la glace qu'elle allait prendre pour le goûter.

Sous l'océan

La mer est calme en cette fin d'après-midi. L'eau est encore douce et les rayons du soleil couchant se reflètent encore à la surface. Une légère brise souffle sur le visage de Noé, perdu dans ses pensées. C'était le temps idéal pour une séance de plongée !

Noé est champion mondial d'apnée. Pour lui, nul besoin de tuba, de bouteilles d'oxygène, de combinaisons thermiques ultra élaborées ou de masques de plongée sophistiqués. Il n'a pas besoin de tous ces accessoires superflus pour explorer les fonds marins. De simples lunettes et un bon short de bain, ça ne coûte trois fois rien, et ça lui suffit amplement ! En effet, Noé est capable de rester pendant plusieurs minutes sous l'eau, à explorer les merveilles du monde aquatique, sans jamais remonter une seule fois à la surface ! Ses copains se demandent d'ailleurs pourquoi des écailles ne lui sont pas encore poussées sur la peau, vu qu'il passe plus de la moitié de son temps dans l'eau. Cependant, les médecins sont formels : aucune nageoire et aucune branchie. Noé est un être humain comme les autres. Il a simplement un don précieux et fabuleux.

Assis au bord de sa barque, le jeune garçon est prêt. Après une longue et grande inspiration, le voilà plongé dans l'immensité de l'océan. La mer regorge d'espèces animales et végétales toutes plus extraordinaires les unes des autres. Chaque immersion est l'occasion pour Noé de faire des découvertes inédites. La faune est si riche, la flore est si variée, les trésors maritimes semblent inépuisables, c'est incroyable !

Pourtant, Noé le sait, il l'a appris l'an dernier en classe de découverte en Bretagne avec sa classe, toutes ces richesses sont menacées : la pollution, le réchauffement climatique ou encore la pêche intensive représentent de gros dangers ! Plus tard, la mer, il en est persuadé, il fera tout ce qui est en son possible pour la protéger. Mais aujourd'hui, toutes ces ressources cachées qu'il faut préserver, il a la chance de les contempler et de les admirer.

Des anémones vertes et rouges ondulent leurs tentacules à sa droite. Accrochés à un énorme rocher, des bigorneaux et des oursins sont agglutinés, totalement immobiles. Une famille de poissons clowns fait son apparition à sa gauche et Noé a tout juste le temps de les immortaliser avec son appareil photo sous-marin.

Surgissant des abysses, une énorme raie lui frôle les pieds avant de s'éloigner.

Après plusieurs minutes de nage, Noé a encore de l'oxygène. Il hésite à descendre un peu plus en profondeur pour partir à la découverte de nouveaux spécimens. L'arrivée d'une armée de méduses lui fait rapidement changer d'avis. Il s'est déjà fait piquer plusieurs fois par le passé, alors ces bestioles étranges, il s'en méfie ! Il est temps de remonter à la surface !

« Mais enfin Noé, qu'est-ce que tu fabriques ? Ça fait plus d'une heure que tu es dans la salle de bain ! Ne me dis pas que tu es toujours dans la baignoire ! Range tes jouets, sors vite de l'eau, sèche-toi et enfile ton pyjama ! On passe à table dans cinq minutes ! »

« Qu'est-ce qu'on mange ce soir ? »

« Du poisson. Ton père est allé au marché, il a acheté trois beaux filets de maquereaux fumés. Il s'est aussi laissé tenter par quelques crevettes, il sait que tu en raffoles ! »

Pour le moment, les trésors des fonds marins, il n'y a que l'estomac de Noé qui va en profiter…

À vos fourneaux !

Aujourd'hui, c'est décidé, elle doit tout faire pour gagner ! Cette année, le grand prix du meilleur pâtissier n'a pas intérêt à lui passer sous le nez ! Avec sa toque de chef cuistot et son tablier noué dans le dos, elle est prête à se mettre aux fourneaux. Armée de son fouet et de sa cuillère en bois, elle ne va faire qu'une seule bouchée des autres candidats !

Pourtant, elle en est consciente, ses adversaires sont de taille : Arnaud, 32 ans, chef trois étoiles d'un restaurant gastronomique du centre de Lyon ; Cécile, 28 ans, commis de cuisine dans un grand palace parisien et Gérard, 56 ans, gérant d'une pâtisserie haut de gamme du nord de la France. Cette année, le niveau est élevé, et elle le sait.

Pendant l'épreuve, il lui faudra se surpasser et surtout, ne pas se laisser déstabiliser. Elle s'est entraînée chaque semaine sans se relâcher. Elle s'est acharnée dans sa cuisine pendant tout l'été. Elle s'est obstinée à tester toutes les recettes de son carnet. Non, ce soir, il est hors de question d'abandonner ! Elle va se qualifier, elle en est persuadée. La tarte au citron meringué, le St Honoré, le framboisier, les macarons au café, la bûche pralinée ou encore les financiers, plus aucun dessert n'a pour elle de secret, elle a tout essayé !

L'émission va commencer dans quelques minutes. La pression monte. Son cœur palpite. Des perles de sueur se forment sur son front. Ses mains tremblent. Ses yeux se brouillent. Il faut qu'elle se concentre. Son heure de gloire est arrivée, elle va enfin pouvoir montrer à la France entière ses talents de chef cuisinier. Voilà ce qu'il fallait se répéter !

Pour apaiser son angoisse, elle fait le point sur les ustensiles de son plan de travail : les casseroles, la poêle et les moules en silicone, c'est OK. Les couteaux, la planche à découper, la mandoline, le verre doseur et le presse-agrume, c'est OK. Le mixeur, le robot, le rouleau à pâtisserie, les emporte-pièces, le papier cuisson, c'est OK. Les plaques fonctionnent, le four est opérationnel, le minuteur est à portée de main, tout est sous contrôle.

« Attention, Mesdames et Messieurs, direct dans 5, 4, 3, 2, 1, ça tourne ! »

« Bonjour à toutes et à tous et merci d'être avec nous ce soir pour la grande demi-finale de ce magnifique concours ! Je tiens avant toute chose à féliciter nos quatre candidats pour ce long parcours déjà accompli et pour les merveilleux délices sucrés qu'ils ont pu concocter. Les membres du jury ont eu le privilège de les déguster et il a souvent été difficile pour eux de vous départager. Quelle que soit l'issue de cette formidable aventure, sachez que vous êtes tous extrêmement doués et que vous méritez votre statut de grand pâtissier ! Mais sans plus attendre, passons à l'épreuve de cette soirée ! Aujourd'hui, un seul thème proposé, 45 minutes de préparation autorisées et un jury à épater. Chers candidats, je vous donne donc l'intitulé : le gâteau marbré ! »

Ouf ! Elle est rassurée ! Un gâteau marbré, rien de bien compliqué ! Mais elle va devoir faire preuve d'originalité pour se démarquer. L'heure tourne, il ne faut pas traîner ! Elle préchauffe le four, fouette les œufs, pèse la farine, verse le sucre, fait fondre le chocolat, ajoute le beurre… tout est bien maîtrisé. Les minutes sont vite écoulées, il est grand temps d'enfourner !

« Maryse, c'est maman, je suis rentrée ! Où es-tu ? … Oh non ! Encore devant cette émission de télé ! ça ne sert à rien de rêver, tu n'as encore même pas la taille pour ouvrir la porte du réfrigérateur, alors ce n'est pas demain la veille que tu vas pouvoir cuisiner ! Range ta pâte à modeler et va te rincer les mains dans l'évier ! »

Dans l'assiette de Maryse ce soir, du poisson pané, des petits pois surgelés et un muffin au citron tout droit sorti des rayons du supermarché. Sa mère ne s'était pas vraiment décarcassée, le menu aurait fait honte au jury du meilleur pâtissier !

En selle !

Gabin est un cavalier expert, il en a bien conscience. Dès qu'il foule le sol des écuries, tous les regards sont tournés vers lui. Dans les allées, tous les prix remportés lors des concours auxquels il a participé sont exposés. À l'accueil, tous les trophées gagnés ces dernières années sont exhibés. Il faut avouer qu'il en retire une certaine fierté. Le centre équestre tout entier est à ses pieds. Ici, il est aimé, admiré, vénéré, glorifié ! Tous les éloges qu'on lui fait, il compte bien ne pas s'en priver. Pour une fois qu'on met en avant ses talents et ses qualités, il serait dommage de ne pas en profiter !

Sa bombe sous son bras droit et sa cravache dans sa main gauche, le torse bombé et le menton relevé, il marche d'un pas décidé vers le box de son étalon avec lequel il a bravé de nombreuses compétitions. Le palefrenier du centre a déjà tout préparé, Gabin n'en est pas vraiment étonné. En tant que grand champion, ici au centre, il est chouchouté. Son cheval est donc brossé, sa crinière est démêlée, ses sabots sont curés, le tapis et la selle sont installés, et les étriers sont déjà réglés. Il ne reste plus qu'à monter !

Gabin prend le temps de caresser sa monture avec tendresse, bienveillance et respect. Les chevaux ressentent absolument tout, contrairement aux êtres humains. Avec eux, nul besoin de parler, nos émotions sont instantanément décryptées. Après ces quelques minutes d'intimité, Gabin saisit les rennes du filet et se dirige avec son fidèle équidé vers la carrière extérieure ensablée. Il est temps de se mettre en selle ! Le temps est frais et ensoleillé, idéal pour monter !

Il a encore trois jours pour s'entraîner. Interdiction de se relâcher, il ne faut surtout pas se reposer sur ses lauriers. Même si avec cette météo, Gabin aimerait plutôt partir en balade dans les bois, il sait qu'il n'a pas vraiment le choix.

Un seul petit coup de talon suffit à faire avancer son bel étalon. Au pas, au trot, puis au galop, le voilà qui tourne parfaitement en rond. Les foulées de sa monture s'allongent, Gabin est confiant, il est temps de s'attaquer aux sauts d'obstacle à présent ! Il observe le parcours avec attention, anticipant chaque éventuelle difficulté que son cheval et lui sont susceptibles de rencontrer. Il va devoir rester vigilant, certains obstacles sont loin d'être évidents.

Tous les autres membres du centre équestre se sont dispersés autour de la carrière pour le regarder. Pourquoi tout cet attroupement ? Il ne s'agit pourtant que d'un simple entraînement !

Encore quelques tours au galop pour terminer son échauffement, puis Gabin se lance sur le parcours avec assurance. Le premier saut n'est pas bien haut, il est franchi avec brio. Le deuxième est un croisillon, traversé par son cheval sans aucune pression. Gabin tire les rennes à gauche et se dirige vers le troisième obstacle avec détermination. Tous les sauts sont numérotés, impossible de se tromper. Le cavalier entend soudain un bruit sourd, les sabots ont touché une barre, mais sans la faire tomber. Ouf ! Il est rassuré. Il poursuit alors son parcours sans se laisser déstabiliser. Il doit absolument rester concentré ! Les yeux rivés sur le prochain obstacle, Gabin prend son élan. Celui-ci est beaucoup plus compliqué, il ne faut pas se louper ! Quand tout à coup, en pleine lancée et sans explication, son cheval s'arrête net et refuse d'avancer. Même après de grands coups de talons, il reste pétrifié. Gabin est complètement décontenancé !

« C'est fini les enfants, tout le monde descend ! Dirigez-vous vers le guichet pour acheter de nouveaux tickets. Aujourd'hui, profitez-en, c'est demi-tarif pour les moins de huit ans ! » Le regard triste et la mine abattue, Gabin descend de son cheval en bois et se dirige vers sa maman.

« Allez viens, on y va. Pour te réconforter, je t'achète une barbe à papa. Le pompon, tu l'attraperas une prochaine fois ne t'inquiète pas. »

Il aimerait dire à sa mère qu'un vulgaire pompon, ce n'est pas un trophée digne d'un grand champion ! Un simple bout de chiffon, c'est loin d'être folichon !

Les merveilles du monde

Après la Cordillère des Andes au Chili et la steppe de Mongolie, après le désert de Gobi et celui de Namibie, Ferdinand s'attaque désormais au poumon de la terre, la forêt d'Amazonie ! Son métier de grand reporter lui offre l'opportunité de voyager aux quatre coins du monde tout au long de l'année. Depuis tout petit, il est passionné par la géographie. Ce travail est vraiment fait pour lui ! Il se souvient de façon détaillée de tous les endroits du globe où il a posé le pied : Le Machu Picchu au Pérou dans le cadre d'un reportage sur le peuple inca ; le Taj Mahal en Inde pour un article consacré aux plus beaux sites d'Asie ; le Grand Canyon aux États-Unis pour une exposition mondiale de photographie ; la grande barrière de corail en Australie dans le cadre d'un dossier sur les espaces naturels menacés ; ou encore le cratère du Vésuve en Italie pour un documentaire sur le drame de Pompéi. Et ce n'est qu'un aperçu de tous les sites qu'il a vus ! Passer toute sa vie à voyager, c'est sans aucun doute le job rêvé !

Son avion s'est posé la veille au Brésil. À peine sorti de l'aéroport, un bus l'attendait. Direction la ville de Manaus, porte d'entrée de la forêt amazonienne. Sur le trajet, il a rencontré ses coéquipiers : Roger le photographe, Maria la traductrice et Gustavo, le guide brésilien. L'objectif cette fois-ci : rédiger plusieurs pages sur ce trésor naturel mondial pour un grand guide touristique publié à l'international. Malgré la fatigue du voyage, Ferdinand a écouté avec attention le discours de Gustavo à l'ensemble de l'équipe :

« La biodiversité de la jungle amazonienne est tout simplement incroyable ! On ne peut pas parler de cette magnifique forêt sans penser à sa végétation luxuriante, à ses arbres qui s'étendent à perte de vue ou encore à ses milliers d'animaux qui se cachent sous terre, dans les airs, ou même dans l'eau. Savez-vous que 20 % des espèces animales vivent au sein de celle-ci ? Les chiffres parlent d'eux-mêmes : 30 millions d'espèces d'insectes, 3000 espèces de poisson, 324 espèces de mammifères, et plus de 300 espèces de reptiles ! La forêt est reconnue pour la richesse de ses ressources. Tout le monde doit prendre conscience qu'il est urgent de la protéger ! La priorité, c'est de la sauvegarder ! Mais attention, elle peut aussi être source de danger ! Je vous déconseille d'être seul pour vous y aventurer !

Le lendemain, après une longue nuit de sommeil et un bon gros petit-déjeuner, Ferdinand est tout excité ! Aucun signe de ses autres coéquipiers, ils doivent encore dormir à poings fermés. Il ne va pas les attendre toute la matinée ! Au diable les recommandations de Gustavo, il part à l'aventure avec son sac à dos.

Le guide avait raison, Ferdinand a rarement vu un paysage aussi beau ! Heureusement qu'il a pensé à prendre son appareil photo ! Autour de lui, tout est vert. Cette forêt mérite bien son surnom de poumon de la terre ! Mygales, singes, paresseux, perroquets, la première pellicule de son appareil est déjà bientôt remplie. Pour répertorier toutes les espèces qui vivent ici, il faudrait toute une vie ! Ferdinand ne voit pas les heures passer, il continue d'avancer. Peu importe la chaleur et l'humidité, il ne s'arrête pas de marcher. Avec tous les éléments qu'il a récoltés, son guide de voyage sera ultra détaillé !

Perdu dans ses pensées, il se prend les pieds dans les lianes et s'écrase de tout son long sur le sol. Impossible de se relever, il est totalement coincé ! Il entend soudain des branches craquer. Un énorme jaguar bondit des fougères et s'élance vers lui. Ferdinand est complètement bloqué, ça y est, son heure est arrivée…

« Ferdinand, voyons, mais qu'est-ce que tu fais ? Je me demande bien comment tu t'es débrouillé pour t'emmêler les pieds avec le tuyau d'arrosage ! Ne reste pas toute la journée dans le jardin, si tu continues tu vas saccager toutes les fleurs du terrain. D'ailleurs, je crois bien que Félix a faim ! »

En remplissant la gamelle de croquettes, Ferdinand se dit que son exposé sur la forêt amazonienne lui monte un peu trop à la tête. Son chat est en effet bien loin d'être le plus dangereux des félins.

À vos micros !

Barbara était une vraie diva. Les strass et les paillettes, elle adorait ça ! Les plateaux de télévision et les caméras, elle ne connaissait que ça !

Elle avait été repérée il y a déjà plusieurs années. Un seul casting avait suffi à faire décoller sa carrière. Elle s'en souvient encore comme si c'était hier. Le jury avait été conquis et une grande maison de disque l'avait tout de suite engagée. Grâce à une seule chanson, elle avait été propulsée au rang de célébrité.

« Jeune fille, votre voix est magique, il s'agit d'un don unique ! Vous avez un potentiel fantastique ! »

« Vous êtes faites pour la scène, il n'y a vraiment aucun doute ! À votre âge, avoir ce talent aussi incroyable, c'est inimaginable ! »

« Ma chère, je ne vais même pas me laisser le temps de la réflexion, je vous propose un contrat sans hésitation ! »

Elle avait signé sans tergiverser et aussitôt, tout son quotidien avait été chamboulé. Fini le réveil tous les matins à sept heures pour aller à l'école, adieu la purée infâme de la cantine, au diable les devoirs et les révisions à la maison, terminés les soirées pyjama et les anniversaires déguisés. Désormais, c'était une vie de star qui l'attendait.

Voilà comment se déroulait la majorité de ses journées : grasse matinée dans la suite d'un grand hôtel réputé, séance de yoga avec un coach privé, répétitions au studio et déjeuner en terrasse au bord de l'eau dans un restaurant quatre étoiles de Saint-Malo, après-midi consacré aux interviews et aux enregistrements. Sans oublier le coiffeur et le styliste qu'elle devait caser dans son emploi du temps. Pour la soirée, ça pouvait varier. Ce qu'elle préférait, c'était les grands dîners organisés par sa maison de disque. Elle avait alors l'occasion de côtoyer toutes les célébrités qu'on voyait à la télé.

Ce soir, malgré la fatigue, c'est une nouvelle fois sur scène qu'elle va se produire. Même si cette fois elle sera accompagnée d'autres célébrités, elle sait que c'est sur elle que toutes les caméras seront braquées.

En coulisse, à présent, elle commence à avoir le trac étrangement. Mais tout grand artiste vous le dira, avant de monter sur scène la pression est toujours là ! La maquilleuse vient lui repoudrer le nez et l'ingénieur du son vient vérifier que les micros sont bien branchés. Tout est prêt, le concert peut commencer. Tout le monde prend place, le rideau se lève, les musiciens commencent à jouer, le grand show peut débuter !

Le public est subjugué ! Après chaque chanson, les applaudissements ne font que redoubler. À la fin de la prestation, c'est une véritable standing ovation ! Barbara en a des frissons. La présentatrice surgit des coulisses et vient s'installer au centre de la scène, au milieu des artistes.

« Merci infiniment pour vos applaudissements. Sachez qu'ils ont travaillé très dur toute l'année pour vous offrir un spectacle de qualité. La chorale CM1-CM2 est un projet que j'ai toujours voulu mener et grâce à l'implication des enfants, nous avons pu le concrétiser ! »

007

Ses plus proches amis ne connaissent pas sa
véritable identité. Même à ses parents, il n'a jamais
rien voulu révéler. Il ne s'est jamais confié, de peur
de se faire démasquer. La vérité, c'est qu'Oscar est
agent secret. En tant que grand espion, il enchaîne les
missions. Il s'est engagé dans les services de
renseignements sans se poser de question. Petit à
petit, il a gravi les échelons, jusqu'à devenir un vrai
maître de la discrétion. Mais motus et bouche
cousue ! Ce que l'on vient de vous révéler, jamais il
ne faudra en parler ! Ce serait mettre sa propre vie en
danger !

Ce matin, Oscar a reçu une vidéo cryptée. Pour la
visionner, il entre son code d'accès : 007. L'image de
son patron en costume cravate apparaît à l'écran.
Oscar l'écoute attentivement.

« Bonjour agent 007. J'espère que vous êtes en
forme et que vous avez bien dormi, car pour votre
prochaine mission vous allez devoir braver tous les

interdits. Voici les gadgets qui vont seront fournis afin de vous aider à affronter tous les dangers : un stylo plume ultra sophistiqué qui vous permettra d'ouvrir n'importe quelle porte fermée. Son encre peut désintégrer toute serrure verrouillée ; des lunettes de soleil 3D haute définition. Grâce à elles, vous allez pouvoir élargir votre vision. Ses capteurs perfectionnés vous offriront une vue à 360°. Vous allez même voir ce qu'il se passe dans votre dos sans vous retourner ! Et enfin, une casquette caméra qui nous permettra de vous envoyer du renfort en cas d'embarras. Ce qui, je l'espère, n'arrivera pas ! Pour vous rendre sur les lieux de votre mission, nous mettons une trottinette électrique dernière génération à votre disposition. Dans votre boîte aux lettres se trouvent les plans du bâtiment dans lequel vous allez entrer, ainsi que les emplacements possibles des documents confidentiels que vous devez me rapporter. Soyez discret et bonne chance à vous ! … Attention, ce message va s'autodétruire dans 5, 4, 3, 2, 1, BOUM ! »

Oscar court relever son courrier pour étudier les plans. Rentrer dans le bâtiment n'allait pas être un jeu d'enfant. Mais avec toutes les indications données par son patron, il ne peut que réussir sa mission !

Sa trottinette électrique, c'est du tonnerre ! Il arrive devant l'édifice en un éclair ! Maintenant, c'est à lui de jouer, il ne faut surtout pas se faire repérer. Le portail de l'entrée est ouvert, aucune difficulté pour entrer dans la cour intérieure incognito. Aussitôt la porte franchie, il sent comme une présence derrière lui. Il a oublié ses lunettes 3D sur son lit ! Il prend ses précautions et se cache derrière un grand rosier afin d'être certain de ne pas se faire remarquer. Fausse alerte, rien à signaler, il peut désormais se lancer. Il monte les escaliers à grandes enjambées et utilise son super stylo d'espion pour ouvrir la porte d'entrée. Encore un couloir à arpenter sans se faire démasquer. Il avance lentement, on est jamais trop prudent. Apparemment, il n'y a pas un chat dans le bâtiment. La porte de la pièce dans laquelle il doit s'introduire n'est même pas fermée, il peut donc entrer sans rien forcer. Et maintenant, il va falloir fouiller ! Armoires, bibliothèque, étagères, tiroirs… L'heure tourne et il n'a toujours rien trouvé. Tout à coup, son regard se pose sur le bureau. Ils sont là, bien en évidence ! Comme quoi, ça ne servait à rien de tout retourner, les documents étaient juste sous son nez !

« Oscar ? Mais qu'est-ce que tu fais ici ? Pourquoi n'es-tu pas en récréation avec tes camarades ? Et qu'est-ce que tu tiens dans les mains ? Ne me dis pas que c'est les corrigés du contrôle de maths de demain matin ! »

La maîtresse va lui passer un sacré savon ! Il s'attend à la plus terrible des punitions… Échec de la mission.

Au Far-West

Les manches de la chemise à carreaux retroussées, le blouson en peau de mouton bien ajusté, la ceinture en cuir de vachette bouclée, les bottes pointues enfilées, un foulard rouge noué autour du cou, un chapeau marron bien vissé sur le crâne et un revolver dans la poche arrière droite du pantalon. Lucas est paré, prêt à affronter tous les dangers. C'est un vrai cow-boy chevronné. Le Far-West n'a plus de secret pour lui. Son seul et unique but : chasser tous les bandits. On dit de lui qu'il est un justicier expérimenté et que c'est quelqu'un sur qui on peut toujours compter. Au village, il est apprécié et même admiré. Grâce à lui, tous les habitants se sentent protégés. On lui fait confiance les yeux fermés.

Aujourd'hui, une nouvelle mission lui a été confiée. Le shérif vient à l'instant de l'appeler. Les bijoux de la comtesse Rose ont été volés. C'est dans la nuit qu'elle a été cambriolée. Alors qu'elle dormait à poings fermés, son coffre a été forcé. Elle est complètement désemparée, les parures qu'on vient de lui dérober sont d'une valeur inestimable ! Lucas compte bien régler tout ça en mettant la main sur cette bande de malfrats. Il a déjà en tête sa petite idée et il pense savoir où ils peuvent se cacher. Il ne va pas les laisser s'échapper. Encore une fois, c'est à lui de faire appliquer la loi !

Lucas grimpe sur son cheval et s'élance au galop vers le nord. Zigotto est son plus fidèle ami. Sur son dos, il a déjà traversé tout le pays. Il sait qu'il peut compter sur lui sans souci. Grâce à sa grande rapidité, il est certain de pouvoir les rattraper. Lucas traverse un champ de cactus sans se faire piquer et rencontre un troupeau de bisons sans se faire attaquer. Plus loin, sur sa route, il longe un campement de tipis indiens. Pas le temps de s'arrêter pour prendre le thé et papoter, il faut continuer à avancer !

Après deux longues heures de chevauchée, il les a enfin repérés. Les traces au sol ne peuvent pas le tromper, ils sont forcément passés par là. Lucas tire sur ses rennes pour faire ralentir son étalon et prend le temps de scruter l'horizon avec attention. Ils sont dans les parages, il n'y a aucun doute. En l'entendant arriver, ils ont sûrement dû se cacher. Lucas descend de son cheval pour plus de précautions et s'avance lentement en toute discrétion. À travers le vent du Far-West, il entend de légères respirations. Les bandits sont à proximité, Lucas se tient prêt à les neutraliser. Tout à coup, il aperçoit un pied dépasser d'un rocher, c'est le moment d'aller les capturer ! Il sort son revolver et s'élance à leur rencontre. « Pas de pitié pour les malfrats ! » se répète Lucas. Mais à son grand étonnement, derrière le rocher, il n'y a qu'une chaussure délacée. Il s'est fait piéger ! Les bandits doivent être bien loin à l'heure qu'il est ! Il a été beaucoup trop confiant, il s'est fait avoir comme un débutant ! La comtesse risque de vraiment lui en vouloir. Même pas capable de remplir son devoir ! Il rentre au village tête baissée, il n'a jamais été aussi désespéré.

« Alors Lucas, tu n'as toujours pas retrouvé mon collier et mes bracelets ? … Ce n'est pas grave, tu sais. Ma couronne me suffit. Et ne t'en fais pas, ton déguisement reste mon préféré. Tu es le plus chouette cow-boy de toute la cour de récré ! »

Lucas va se réconforter en allant engloutir plusieurs beignets. Au prochain carnaval, il allait les capturer. Et tant pis s'il fallait attendre encore une année !

Urgences

« Scalpel s'il vous plaît. Je vais procéder à l'incision. Vérifiez bien ses constantes pendant toute la durée de l'opération. Son rythme cardiaque doit rester régulier et sa tension ne doit pas trop augmenter. Nous n'avons pas le droit à l'erreur, sinon son cœur risque de s'emballer ! » Masque, gants et bistouri, le patient est bien endormi. C'est le moment d'y aller, c'est parti !

Le corps humain n'a plus aucun secret pour lui. Léo est le chirurgien le plus réputé de tout le pays. Depuis tout petit, il a toujours voulu sauver des vies. C'est certain, il n'a jamais manqué d'ambition. Désormais, il enchaîne les interventions et les consultations, tout en parvenant à faire face à la pression. Il a passé beaucoup de temps à étudier avant de devenir un grand médecin expérimenté. Avant, il travaillait dans un cabinet. Aucune maladie ne pouvait l'arrêter. Il repérait les symptômes, traquait les bactéries, chassait les virus, pulvérisait les microbes. Aujourd'hui, c'est au bloc opératoire qu'il passe l'essentiel de ses journées. Ses patients, il ne se contente plus de les ausculter, mais bien de les réparer.

« Les vaisseaux sanguins ont été épargnés et aucune artère n'a été touchée. Bon travail, on peut refermer. » L'opération est encore une fois un succès. Léo peut enfin respirer et s'autoriser une pause bien méritée. Pendant toute la durée de l'opération, il faut rester ultra concentré. Tout se joue au millimètre près. Un seul moment d'inattention et c'est la catastrophe assurée. Il a une vie entre les mains, il ne faut pas rigoler !

Il rejoint le poste des infirmiers pour partager avec eux un petit café. Il en profite pour faire le point sur l'ensemble de ses dossiers : greffes, transplantations et opération des poumons, la journée s'annonce chargée et riche en émotions. Pas le temps de s'attarder, il faut retourner au front !

Son bip se met à sonner. Cette fois, c'est dans le service des urgences qu'il est appelé. L'adrénaline commence à monter. Léo arpente les couloirs de l'hôpital, slalomant entre les aides-soignantes et les brancardiers. Il doit se dépêcher, une vie est très certainement en danger, c'est son devoir de la sauver ! La porte de l'ascenseur à peine ouverte, une femme en blouse blanche vient se ruer sur lui :

« Docteur, vous voilà enfin ! Je crois qu'il n'y a que vous qui puissiez vous charger de la nouvelle patiente qui vient d'arriver ! »

« Dites-moi tout, le temps est compté ! »

« Son état est très critique, docteur, je ne vais pas vous le cacher. Son pouls est très bas. Elle va très vite perdre connaissance si vous n'intervenez pas ! »

Seringues, stéthoscope, tensiomètre, bandages, Léo se munit de tous ses instruments. Il va falloir opérer dès maintenant !

« Mais enfin Léo, qu'est-ce que tu fais ? Pas besoin de rapporter toute la trousse à pharmacie de maman ! Je suis juste tombée de vélo, voyons ! Je ne me suis même pas fait mal, regarde, j'ai juste une petite égratignure au pied ! Je suis à peine blessée ! Un simple pansement suffira amplement ! »

Pour cette opération, Léo va se contenter d'appliquer du désinfectant…

Bouh !

Une maison hantée… tu parles ! C'était juste une vieille bâtisse abandonnée. Lily n'allait pas se laisser impressionner ! Personne n'osait s'en approcher et encore moins y entrer. On disait beaucoup trop d'horreurs à son sujet. Mais Lily voulait relever le pari lancé hier par ses amis. Le premier de la bande qui parviendra à y pénétrer se fera fournir par les autres des bonbons jusqu'à la fin de l'année. La jeune fille n'avait pas longtemps hésité, le lendemain, elle se l'était promis, elle prendra son courage à deux mains pour se lancer.

Le grand moment était arrivé. Sur le seuil de la porte d'entrée, il était trop tard pour se dégonfler. Lily repensait à toutes les histoires qu'on avait pu lui raconter. Certains affirmaient que la maison avait été construite par un savant fou qui pratiquait des expériences étranges. D'autres étaient certains que le comte Dracula, le plus célèbre vampire de tous les temps, avait séjourné ici plusieurs années. Quelques-uns déclaraient même que les fantômes des victimes étaient condamnés à rester enfermés dans cette maison pour l'éternité. Il est vrai qu'au village, il y avait eu un grand nombre de disparitions inexpliquées… mais rien n'avait jamais été prouvé ! La dernière habitante avait tout de suite été accusée de sorcellerie. Malgré tous les efforts qu'elle avait fait pour s'intégrer, personne n'avait jamais voulu venir chez elle pour boire le thé, de peur de se faire empoisonner. Cela fait déjà plusieurs mois qu'elle a déménagé. Et tout ça par ce qu'elle avait une verrue sur le nez ! Mais pour Lily, cette maison ne représentait aucun danger.

Elle prit une grande inspiration et entra. Elle s'avança lentement dans le couloir de l'entrée en évitant les toiles d'araignées et en se bouchant le nez. Quelle odeur de renfermé ! Pour le moment, aucun fantôme à signaler.

Elle pénétra ensuite dans une immense salle à manger. À son grand étonnement, un feu brûlait dans la cheminée et plusieurs chandeliers étaient allumés. Même si on était en pleine journée, les épais rideaux rouges étaient fermés. Sur la table, plusieurs plats étaient disposés. Lily se demandait ce qu'ils contenaient. Beurk ! Une salade de queue de rats, de la cervelle de moineau et des antennes d'escargot en gelée. C'était un festin auquel elle était bien contente de ne pas avoir été conviée !

Soudain, elle entendit une porte grincer et des pas se rapprocher. Elle monta vite à l'étage pour se réfugier. Les lattes du parquet ne faisaient que de grincer, elle espérait ne pas avoir été repérée. Elle s'enferma à double tour dans la salle de bain. Elle alluma l'interrupteur, et là, qu'est-ce qu'elle voyait ? Des traces de sang dans la baignoire et un dentier sur le bord de l'évier ! Il fallait à tout prix s'échapper !

Elle sortit de la pièce en furie. Quelqu'un montait les escaliers, elle devait vite trouver un endroit où se cacher. Elle se dirigea vers la chambre juste en face et se dissimula sous les draps du lit. Ce n'était pas la cachette rêvée, mais elle se sentait un peu plus en sécurité… jusqu'à ce qu'elle sente quelque chose lui grignoter les pieds !

« Ma chérie, il est l'heure de se réveiller ! Tu ne vas pas être en retard à l'école le jour d'Halloween quand même ! Ton costume de citrouille est prêt ! »

Ouf ! Ce n'était qu'un simple cauchemar, elle était rassurée. Lily avait eu une sacrée frousse, mais elle n'était pas en danger. Elle devait se dépêcher ! Même si elle était encore toute chamboulée, les bonbons, encore une fois cette année, elle ne pouvait pas s'en passer !

Table des matières

Imprimé en Allemagne
Achevé d'imprimer en octobre 2022
Dépôt légal : octobre 2022

Pour

Le Lys Bleu Éditions
40, rue du Louvre
75001 Paris